Златокоска и трите мечки

Goldilocks and the Three Bears

retold by Kate Clynes

illustrated by Louise Daykin

LINGUA

Златокоска се забавлявала и беряла цветя за майка си.
Тя навлизала все **по-дълбоко** и **по-дълбоко** в гората.

Спри, Златокоске, върни се вкъщи.
В гората е опасно, когато си съвсем сама.

Goldilocks was having fun, collecting flowers for her mum.
She was heading **deeper** and **deeper** into the woods.

Stop Goldilocks, go back home,
Woods aren't safe when you're all alone.

Тя стигнала до една къщичка с красива градина.
– Искам да откъсна онези цветя – казала Златокоска. – Ще
проверя дали има някой вкъщи.

She found a cottage with a beautiful garden.
"I want to pick those flowers," said Goldilocks. "I'll see if anyone's home."

Спри, Златокоске, почукай още веднъж.
Зад вратата може да има нещо страховито.

Stop Goldilocks, knock once more,
There may be something grizzly behind the door.

– Ехо – извикала
тя, – има ли
някой вкъщи?

"Hello!" she called,
"is anybody home?"
But there was no reply.

От три купички, поставени на масата, се вдигала топла пара - една голяма купа, една средна купа и една малка купичка:
– Ммм, овесена каша – казала Златокоска. – Страшно съм изгладняла.

On the table were three steaming bowls. One big bowl, one medium sized bowl and one small bowl. "Mmmm, porridge," said Goldilocks, "I'm starving."

Спри, Златокоске, не бързай.
Това може да завърши много зле.

Stop Goldilocks don't be hasty,
Things could turn out very nasty.

Златокоска опитала една лъжица от голямата
купа: "Ау!"– извикал тя. Била прекалено гореща.

Goldilocks took a spoonful from the big bowl.
"Ouch!" she cried. It was far too hot.

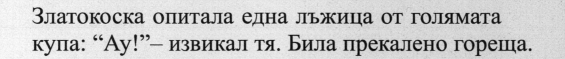

След това опитала от средната купа.
"Ъ-ъ!" Била прекалено студена.

Then she tried the middle bowl.
"Yuk!" It was far too cold.

Малката купичка обаче била точно
каквато трябва да бъде и Златокоска
излапала всичко!

The small bowl however was just right
and Goldilocks ate the lot!

С пълно коремче, тя влязла в другата стая.

With a nice full tummy, she wandered into the next room.

Почакай, Златокоске, ти не можеш просто така да се промъкваш и тършуваш из чужда къща.

Hang on Goldilocks,
you can't just roam,
And snoop around
someone else's home.

Пред топлия искрящ огън имало
три стола - един голям стол, един
среден стол и един малък стол.

In front of the warm, glowing
fire were three chairs.
One big chair, one medium
sized chair and one small chair.

Първо Златокоска се покатерила на големия стол, но той бил прекалено твърд. След това се покатерила на средния стол, но той бил прекалено мек. Обаче малкия стол бил точно какъвто трябвало да бъде. Златокоска се облегнала назад, когато…

First Goldilocks climbed onto the big chair, but it was just too hard.
Then she climbed onto the medium sized chair,
 but it was just too soft.
The little chair, however, felt just right.
Goldilocks was leaning back, when...

ПУК! Кракът се счупил и тя паднала на пода.
– Ох – извикала тя, – глупав стол!

О не, Златокоске, какво направи?
Ставай бързо, ставай и бягай оттук.

SNAP! The legs broke
and she fell onto the floor.
"Ouch," she cried.
"Stupid chair!"

Oh no Goldilocks, what have you done?
Get up quick, get up and run.

Златокоска се почувствала уморена и се качила нагоре по стълбите. В спалнята имало три легла - едно голямо легло, едно средно легло и едно малко легло.

Goldilocks felt tired so she made her way upstairs. In the bedroom were three beds. One big bed, one medium sized bed and one small bed.

Покатерила се на голямото легло, но то било на прекалено големи бучки. Опитала средното легло - пружините му били прекалено неудобни. Малкото легло обаче било точно каквото трябва и много скоро тя заспала дълбоко.

She climbed up onto the big bed but it was too lumpy. Then she tried the medium sized bed, which was too springy. The small bed however, felt just right and soon she was fast asleep.

Събуди се, Златокоске, отвори очи.
Може би те чака ГОЛЯМА изненада!

Wake up Goldilocks, open your eyes,
You could be in for a BIG surprise!

Тъкмо тогава трите мечки се прибрали вкъщи. След като се спънал в една кошница, бащата Мечок забелязал масата.

Just then the three bears came home. After tripping over a basket, Father Bear noticed the table.

– Някой е ял от овесената ми каша – казал той със силния си дрезгав глас.
– Някой е ял от овесената ми каша – повторила като ехо мама Мецана със средно силен глас.

"Someone's been eating my porridge,"
he said in a loud gruff voice.
"Someone's been eating my porridge,"
echoed Mother Bear in a medium voice.

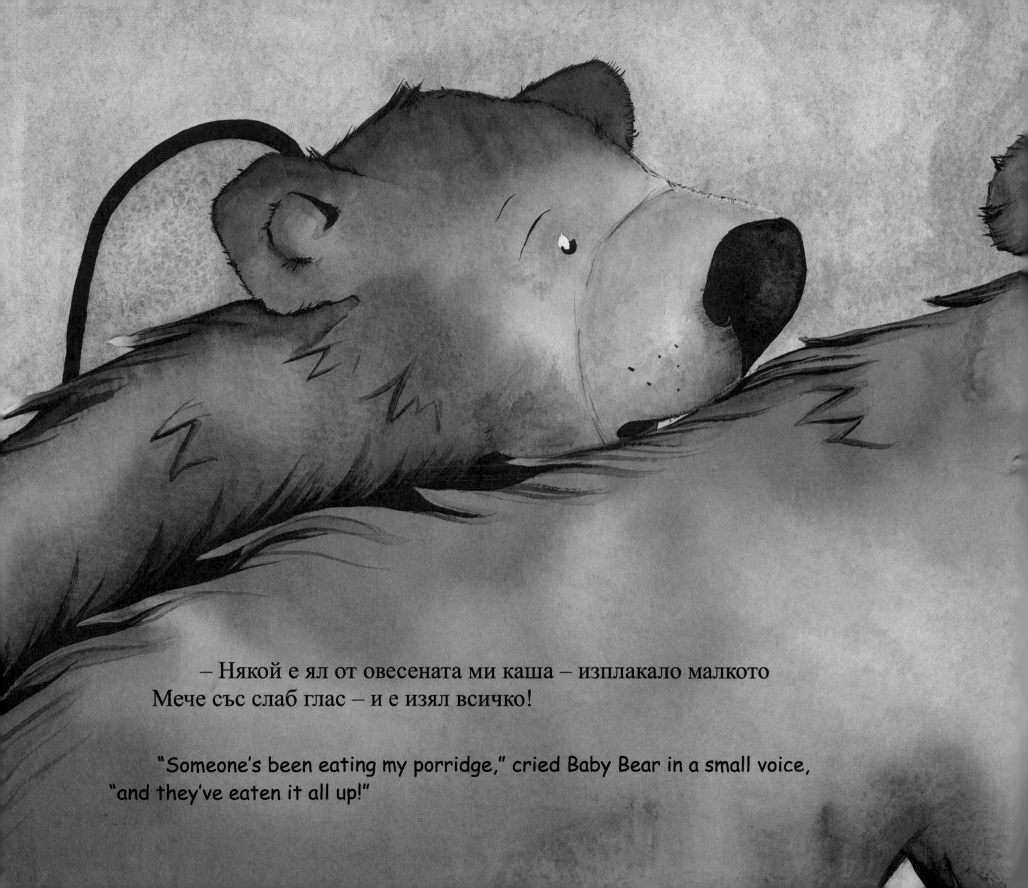

– Някой е ял от овесената ми каша – изплакало малкото
Мече със слаб глас – и е изял всичко!

"Someone's been eating my porridge," cried Baby Bear in a small voice,
"and they've eaten it all up!"

Трите много гладни мечки са малко притеснени.
Но, от чудовище, което бере цветя,
едва ли ще са застрашени.

Three very hungry bears, feeling slightly wary,
But a flower-collecting monster
doesn't sound too scary.

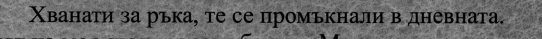

Хванати за ръка, те се промъкнали в дневната.
– Някой е седял на моя стол – казал бащата Мечок със силния си дрезгав глас.
– Някой е седял на моя стол – повторила като ехо мама Мецана със средно силен глас.

Holding hands, they crept into the living room.
"Someone's been sitting in my chair,"
said Father Bear in a loud gruff voice.
"Someone's been sitting in my chair,"
echoed Mother Bear in a medium voice.

– Някой е седял на моето столче – изплакало малкото Мече със слабия си глас – и вижте, счупил го е!
Обляло се то в сълзи.

"Someone's been sitting in my chair," cried Baby Bear
in a small voice, "and look, they've broken it!"
He burst into tears.

Сега вече мечките били
доста разтревожени. Тихо на
пръсти те се изкачили по
стълбите до спалнята.

Now they were very worried.
Quietly they tiptoed up the
stairs into the bedroom.

*Несигурни какво ще открият
са трите страшни мечки.
Навярно ужасяващо чудовище,
чупещо столове на съчки.*

*Three grizzly bears, unsure of
what they'll find,
Some chair-breaking monster of
the meanest kind.*

– Някой е спал в моето легло – казал бащата Мечок със силния си дрезгав глас.

"Someone's been sleeping in my bed," said Father Bear in a loud gruff voice.

– Някой е спал в моето легло – повторила като ехо мама Мецана със средно силен глас.

"Someone's been sleeping in my bed," echoed Mother Bear in a medium voice.

– Някой е спал в моето легло –
изплакало малкото Мече с вече не
толкова слаб глас, – погледнете!

"Someone's been sleeping in my bed,"
wailed Baby Bear in a far from small voice,
"and look!"

Шумотевицата събудила Златокоска и тя изпищяла.

The noise woke Goldilocks up and she screamed.

Докато мечките се съвземали от шока…

While the bears were recovering from their shock...

Златокоска скочила от леглото, на бегом се спуснала по стълбите, грабнала празната си кошничка и побягнала.

Goldilocks leapt out of bed, ran down the stairs, grabbed her empty basket and fled.

Е, така ти се пада, Златокоске, горката,
мечки да те изплашат здравата в гората.
Но имам да ти споделя нещо тайно:
те също се изплашиха безкрайно!

Well Goldilocks, it serves you right,
Those bears gave you a terrible fright.
But here's a secret that must be shared,
The three poor bears were just as scared!